JN419068

생명이 나한테 기생하고 있어.

징그럽게.

monostory 005

화목한 피

윤탐

eastend

차례

화목한 피

한밤중 계곡 물소리는 듣기만 해도

얼음장이 몸에 닿듯 차가웠다. 비포장도로에서

공영주차장으로 핸들을 돌렸다. 주차장은

한적했다. 새벽 네 시. 전조등과 시동을 끄자

사위가 한층 더 어둑해지고, 산중의 적요 가운데

계곡 물소리는 더욱 또렷해졌다. 나는 바로

내리지 않고 공연히 귓바퀴를 만지작거렸다.

전방에 통나무로 지은 펜션 일 층 창문에서

누르스름한 빛이 새어 나왔다. 추석이 지나고
보름도 안 되어 이곳에 다시 모인다는 건
아버지가 사건 소식을 들었다는 뜻이었다.
운전석에서 내렸다. 부모님의 차는 있었으나 형의
차는 보이지 않았다.

걸음걸음 자갈이 밟히는 길을 따라
펜션으로 향했다. 현관 문고리를 잡았다. 스산한
가을바람이 귀신의 혓바닥처럼 목덜미를 핥고
지나갔다. 유년 시절의 긴장이 소름 끼치게
등골을 타고 올랐고, 서른이 넘도록 되살아나는
긴장에 지긋지긋한 피로가 잇따랐다.

거실에는 심야 라디오 소리가 작게 들렸다.
통로 끝 오른쪽 주방에 주황색 조명이 켜져
있었다. 신발을 벗고 주방으로 갔다. 식탁에 물
한 컵을 두고 아버지가 앉아 있었다. 일흔을
넘겼으나 여전히 강직하고, 세월의 파도에

이리저리 떠밀려 환멸에 젖은 널빤지 같은
얼굴로.

　　저 왔어요.

　　아버지가 나를 힐끗 보더니 다시 컵에 시선을
떨어뜨렸다. 물에서 하얀 김이 나풀거렸다. 그가
천천히 물을 마시는 동안 나는 주방 맞은편에
닫힌 안방 문을 바라봤다.

　　쉬어라.

　　나는 무어라 말하려 입술을 달싹였다가,
고개 숙여 인사만 하고 다시 현관을 나섰다.
옥외계단을 올라 위층 왼쪽 방으로 들어갔다.
형은 아침이나 되어서야 올 것이다. 형수와
조카는 오지 않을 것이고. 샤워하고 옷을
갈아입은 뒤 창문을 살짝 열었다. 동이 트려면
아직 먼 완연한 가을밤이었다. 침대에 누워
이불을 덮지 않고 웅크린 채 잠들었다.

*

한기에 눈을 떴을 때는 오전 열 시가 조금 안 된 시각이었다. 날씨가 흐린지 창문으로 드는 빛이 밝지 않았다. 연장근무와 장거리 운전까지 한 탓에 피로와 졸음이 머릿속을 칼날처럼 쑤셨다. 조금 더 잘까 싶었으나 일어나 세수하고 이를 닦았다. 종일 눈총 사는 일이 더 피곤했다.

얼굴에 로션을 바르고 있을 때 누군가 문을 두드렸다. 들어오시라 소리치자 문이 열렸고 밖에 어머니가 서 있었다. 나는 몇 발짝 다가가며 살갑게 입을 뗐다.

왜 힘들게 올라오세요. 제가 내려갈 텐데.

괜찮아. 새벽 일찍 왔다며?

어머니는 문을 열어두고 들어와 침대

가장자리에 앉았다. 열린 문으로 쌀쌀하고 신선한
아침 공기가 숲의 부산한 소리와 함께 들어왔다.
나는 식탁 의자를 빼 앉았다.

　네 형은 아직 안 왔어.

　그래요?

　벽에 걸린 시계를 보고, 창문을 보고, 다시
어머니를 봤다. 그제야 형이 오지 않을지도
모른다는 생각이 들었다. 어쩌면 내가 그걸
바라고 있을지 모른다는 생각도. 어머니는
근심스러운 표정이었지만 형에게 언제쯤 오냐고
직접 연락하지는 않을 것이었다. 지금의 어머니는
내가 열일곱 살에 아버지와 결혼했고, 나와 일곱
살 터울의 형과는 같이 지낸 적이 없었다. 두
사람 성격상 서로 연락하고 지내리라 상상하기는
힘들었다.

　옷 예쁘네요.

그러니? 어머니가 아이처럼 미소 지으며 입고 있는 원피스를 내려다봤다. 얼마 전에 네 아빠가 사 왔더라.

나는 미소를 지었고, 그 미소는 진심이었지만, 이제 그만 어머니가 나가줬으면 하고 바랐다. 그는 다시금 근심 어린 표정으로 조심스레 물었다.

형이랑 이야기 좀 해 봤니?

대번에 떠오르는 장면들이 있었지만, 나는 입술을 앙다물고 고개를 저었다.

그러니. 어머니는 작게 한숨을 내쉬었다. 아버지가 많이 심란해하셔.

나는 그의 주름진 손을 내려다봤다. 어머니도 그렇잖아요.

어머니는 작게 미소 지으며, 네 아빠만 하겠니, 하고 말했다.

글쎄요, 아버지도 형만 할까요.

어머니의 입가가 주춤거리다 곧 다시 미소를
그렸다. 국수 삶을 거니까 삼십 분 이따 내려와.
그가 침대에서 힘주어 일어났다.

나는 현관까지 나서서 어머니가 계단
내려가는 모습을 지켜본 뒤 문을 닫았다.

한 달 전, 형이 나를 찾아왔다. 금요일
저녁이었고, 나는 퇴근한 뒤 혼자 집에서 저녁을
먹고 막 디저트로 먹을 아이스크림을 꺼낸
참이었다. 크리스털 접시에 바닐라 아이스크림을
한 스쿱 떠서 예쁘게 놓고 초코시럽과 색색의
스프링클을 뿌렸다. 위스키 한 잔을 따르고
막 앉으려는데 형에게서 전화가 왔다. 그는
집이냐고, 근처인데 잠깐 시간을 내 줄 수
있느냐고 물었다. 손안에서 스푼을 돌려가며

무슨 일이냐고 물었다. 잠시 정적이 흘렀다.
아들을 때렸어. 나는 돌리던 스푼을 바로 쥐었다.
형은 대답이 없자 곧 미안하다고, 괜히 시간을
뺏었다며 전화를 끊으려 했다. 나는 괜찮다고,
지금 나가겠다고 한 뒤 전화를 끊었다. 예쁘게
놓인 아이스크림이 눈에 밟혔다. 한입이라도
먹자 싶어 스푼을 아이스크림에 가져다 대려다
머뭇거리고, 다시 대려다 에이씨, 하고 접시
그대로 냉동실에 넣었다.

　　형을 만나러 가면서 나는 조카가 맞을 짓을
하지 않았을까 생각했다. 형이 어지간한 일로
누군가를, 그것도 자기 아들을 때릴 위인은
아니라는 믿음과 그간 엇나가던 조카 녀석의
행동들이 내 주관 속에서 같은 방향으로
이정표를 세웠다. 형은 쿰쿰한 돼지 잡내 가득한
순댓집에서 나를 기다렸다. 갓 쪄낸 순대와 돼지

내장을 집어 먹으며 나는 소주를 마셨고 술을 못 하는 형은 콜라를 마셨다. 형은 조카 녀석이 학교에서 사고 친 이야기를 했다. 나는 형이 충분히 이야기할 수 있도록 두었다. 평소 말수가 극히 적고 짧은 대화도 잘 안 하던 그가 먼저 연락을 해왔다는 것만으로도 예삿일이 아니리라 짐작 가능했다.

고소한 돼지 간과 몰캉하게 씹히는 허파를 먹으며 연거푸 술잔을 기울였다. 취기가 오르면 세상 모든 게 불쌍해 보였다. 이런 이야기를 하면서 술도 한잔 못 하는 형이 불쌍했다. 달콤한 디저트를 차려놓고 한 입도 못 먹은 내가 불쌍했고, 접시째 냉동실에 처박힌 아이스크림이 불쌍했고, 안주로 차려지기 위해 오장육부가 꺼내진 돼지가 불쌍했다. 그리고 조카. 형과 형수를 닮아 명민하고 인상도 순한 조카. 녀석이

종종 사고를 쳤다는 얘기가 들려오면, 내가
알던 무구한 아이와 너무 달라 현실에 이질감을
느꼈다. 그 맑은 인상 뒤에 도사린 의미심장한
무언가를 상상해 내기란 어려웠다. 취기에 조카를
불쌍해하기에는 녀석이 친 사고가 여간하지
않았다. 그 정도면 뉴스에 나올지도 모르겠는데,
내가 말했고, 그럴지도 모르지, 형이 대답했다.

　아래층에 내려가 어머니와 함께 상을 차렸다.
어머니가 소면이 담긴 그릇에 뜨거운 육수를
부으면 나는 지단과 당근, 애호박 등을 고명으로
가지런히 올렸다. 평소라면 예쁘게도 얹는다며
칭찬했을 어머니지만 지금은 그럴 만한 분위기가
아니었다. 아버지가 식탁에 와 앉았고 나는
국수와 수저를 차렸다.
　먹자.

아버지의 한마디에 모두 젓가락을 들었다. 돌돌 말려 있던 소면은 뜨거운 육수 속에서 부드럽게 풀렸다. 묵직하게 뭉쳐 있던 면발이 부드럽게 풀어헤쳐지는 느낌이 젓가락을 통해 손끝으로 전해지면서 마음을 안정시켰다. 어릴 때부터 나는 그 느낌을 좋아했다. 그래서 국수를 먹지는 않고 젓가락으로 휘적거리기만 하다가 엄마한테 젓가락으로 이마께를 맞기도 했었다.

친엄마가 남긴 몇 안 되는 기억. 매일 아침 형과 나를 서둘러 깨우던 엄마. 내가 다섯 살인가 여섯 살쯤 아버지와 이혼한 엄마. 그즈음 평소와 달리 아버지의 목소리로 깨어났던 날, 와이셔츠에 넥타이를 맨 아버지가 간장과 참기름에 비빈 밥을 아침이라며 형과 내게 차려주던 그날, 나는 두 가지 사실을 직감했다. 이제 엄마를 볼 수 없구나. 앞으로 매일 이렇게 살아야 하는구나. 그때 형의 얼굴은 스케치북보다 하얗게 질려 있었다. 나는 엄마의 행방을 묻지 않고 아버지가 비벼 준 가무잡잡하고 반들반들하고 짭짤하고 고소한 밥을 꼭꼭 씹어 삼켰다. 질문하지 않음. 그날 내 삶에 아로새겨진 태도였다.

식사는 조용히 이뤄졌다. 나는 추석에 이 자리에서 오갔던 대화를 떠올렸다. 너는 결혼 생각이 전혀 없는 거냐. 아버지의 물음이었고, 네 형도 형수같이 좋은 사람 만나서 자식 낳고 예쁘게 사니 보기 좋지 않으냐고 어머니가 거들었다. 으레 할 법한 이야기였지만 최근 형네에 몰아친 풍파를 알고 있던 나로서는 부적절한 이야기로 들렸다. 형수는 작은 미소만 지어 보일 따름이었고, 형은 묵묵히 밥만 먹었다. 나는 결혼할 사람도 생각도 없다고 농담처럼 받아쳤다. 어머니는 삼 년 전에

헤어졌던 내 마지막 애인을 맘에 들어 했지만
그는 비혼주의자였다. 나는 조카의 사건을 알게
된 뒤로도 아버지와 어머니가 결혼을 권할지
궁금했다.

늦게 일어나더구나.

아버지가 손등으로 입가를 훔치며 말했다.
그는 평생을 한 제지회사에서 근무하고
정년퇴직했다. 근면함은 아버지의 생활에
두드러지는 특징이었고, 평생 자식들의 삶을
재단하는 척도였다.

밤늦게 도착해서요. 잠을 좀 설쳤어요.

기상 시각은 몸이 기억할 텐데. 아버지가
말했고,

주말이잖아요. 어머니가 살갑게 말을 보탰다.
그게 식사 시간 대화의 전부였다.

그릇들을 씻고 식기 건조대에 올려 뒀다.

주방 쪽창으로 보이는 하늘은 흐렸다. 마른행주로
개수대의 물기를 닦아냈다.

아버지는 거실 안락의자에 앉아 티브이를
보고 있었으나 내용에 집중하진 않는 듯했다.
어머니가 다가와 수고했다며 점심에는
소불고기를 할 거라고 했다.

네 형도 같이 먹으면 좋을 텐데.

어머니의 표정에서 망설임과 부탁을 읽었다.
연락해 볼게요, 나는 나오지 않는 말을 억지로
내뱉었다. 그의 표정이 조금 밝아졌다.

인스턴트커피가 있는지 주방 찬장을 열었다가
그 안에 있던 세 개 들이 참치 통조림을 꺼냈다.
겉에 싸여 있던 뻣뻣한 비닐 포장을 뜯고 두
개는 찬장에 도로 넣었다. 참치 통조림과 숟가락
하나를 챙겨 펜션을 나섰다. 부모님과 함께
있을까 했지만 아무래도 형 없이 나눌 이야기는

없었다.

우중충한 날씨에도 공기는 계곡물에 방금 헹궈낸 듯 차갑고 신선했다. 이 펜션에 처음 온 것은 아버지가 정년퇴직한 이듬해 설이었다. 여행을 즐기지 않던 부모님을 형수가 애살스럽게 끌고 오다시피 한 곳이었다. 부모님은 정년퇴직 후 퇴직금과 실업급여로 생활했다. 이후 연금 수령이 가능할 때까지 몇 년간은 저축해 둔 돈과 형과 내가 생활비 명목으로 매달 조금씩 보낸 돈으로 생활했다. 그즈음 아버지는 사회인으로서 쓸모를 다한 우울함을 떨치기 힘들어했다. 연금이 나오면서부터 다시금 얼굴이 폈지만, 예전만 못했다. 부모님의 검소한 소비 습관과 근면한 건강관리가 노후를 꾸려나가는 문제 중 대다수를 해결해 줬다. 그들은 펜션 같은 데 왜 돈을 쓰냐고 나무랐지만, 막상 시간을 보내면서는 꽤 만족한 듯했고 특히 아버지가 그랬다.

명절마다 여기로 모여라. 아버지의 전언이었고

형수는 미소 지었다. 그러나 연휴 마지막 날,

아침 산책에서 돌아온 아버지의 표정이 좋지

않았다. 추접해. 그가 느린 몸짓으로 신발을

벗으며 말했다. 남의 인생 뭐 궁금하다고 눈깔을

번들거려. 아버지 등 뒤로 마당을 나서며 하하

호호거리는, 이 펜션에 묵고 있는 다른 손님들이

보였다. 현관 옆에 있던 형수가 나를 쳐다봤고

나는 어깨를 으쓱했다. 아버지는 불쾌함을 티

내며 화장실로 들어갔다. 다시 오긴 글렀네요,

형수가 말했고, 그러게요, 내가 대답했다. 우리의

예상은 보기 좋게 빗나갔다. 부모님은 평소

근검절약하다 명절이 되면 이 펜션을 통째로

빌리는 데 연간 지출 금액의 상당 부분을 썼다.

나는 다소 과하다고 생각했고 여기보다 더 좋은

숙소도 많다고 타일렀지만, 일단 무언가 마음에 들어버린 아버지를 막기란 어려웠다. 너희더러 돈 내라고 안 한다, 아버지의 입장이었고, 그런 뜻이 아니라고 말하기는 포기했다.

계곡물은 어두운 하늘빛을 받아 탁해 보였다. 물에 젖어 반짝거릴 돌들도 그저 음산하게 웅크려 있었다. 마른 바위 한쪽에 걸터앉아 참치 통조림을 땄다. 카나페를 먹으면 좋겠다고, 참치를 퍼먹으며 생각했다. 마요네즈에 버무린 참치와 방울토마토, 슬라이스 치즈를 비스킷에 차곡차곡 쌓아 올린 카나페. 여섯 조각 정도면 위스키 두세 잔과 함께 썩 괜찮은 주말을 보낼 수 있을 텐데. 리뷰를 꼼꼼히 찾아보고 산 소파. 작년에 전세로 들어간 아파트. 안락하고 편안한 나만의 공간에서 맛있는 음식들을 향유할 수 있다면. 아버지는 어릴 때 내가 외할머니 댁에 잠시 맡겨졌다가 식탐만 늘어서 왔다고 했다.
식탐이 아니라 미식 추구예요, 아버지. 나는
능청스럽게 주장했다. 그러면 어머니는 웃었다.

나는 아버지보다 새어머니를 더 닮았다는
이야기를 자주 들었다. 고등학생이 되어 생긴
새어머니와 닮았다는 말은 왠지 쑥스러웠다.
친엄마와는 얼마나 닮았는지 알지 못했다.
아버지는 이혼 직후 형과 나를 데리고 회사와 더
가까운 아파트로 이사했다. 친엄마에 대한 기억은
그전까지 네 가족이 함께 살았던 아파트만큼이나
내 머릿속에서 희미했다. 나는 그 아파트가 십
층짜리 건물이었다는 것도, 우리가 팔 층에
살았다는 것도 아버지와 형에게서 들어 알게
됐다. 마찬가지로 친엄마에 대해서도 들어서 알게
된 것이 대부분이었고, 그마저도 거의 없었다.

최초의 기억, 그러니까 너덧 살 언저리의
기억은 몇 장의 필름 사진처럼 남아 있었다.
초등학생이던 형은 유순한 인상이었다. 형은
대단히 똑똑하고 성적이 좋았으며 경시대회와
올림피아드 수상 경력도 여럿 있었다. 그런데 늘
힘이 없고 어딘지 모르게 멍해 보였다. 아버지는
그런 형을 가만두지 못했다. 정신을 얻다 두고
다니는 거냐. 허공을 가르는 두꺼운 손. 붉어진
뺨 위로 흐르지 않고 눈가에 그렁그렁 맺힌 눈물.
그런 나날 가운데 엄마에 대한 기억은 없었다.
엄마는 이미 떠나버린 뒤였다.

나는 형과도 오랜 시간을 같이 보내지 못했다.
형은 기숙사가 있는 중학교에 입학하면서 집을
떠났고, 그 뒤로 성인이 되어서까지도 이따금
집에 들를 뿐이었다. 형이 특목고로 진학해
또다시 기숙사에 들어가던 날, 아버지는 나랑

단둘이 저녁 식사를 하며 잘 마시지 않던 술을 마셨다. 네가 몇 살이지, 아버지가 물었고, 열 살이요, 내가 대답했다. 아버지는 잠깐 생각에 잠긴 듯 조용히 술을 마셨다. 엄마 보고 싶지 않냐. 엄마에 대해 한 번도 묻질 않네. 나는 마땅히 대답할 말을 찾지 못했다. 그 시절 내게 엄마라는 존재는 그리움보다 결핍의 대상에 가까웠지만, 당시 어렸던 나의 어휘에 그런 단어는 없었다. 대답을 미처 정하지 못했을 때 아버지가 말을 이었다. 네 엄마는 보통 사람이 아니었다. 대단했지.

아버지는 술 한 잔을 더 마신 뒤, 평생 과묵했던 그로서는 이례적으로 긴 이야기를 들려줬다.

네 형은 어릴 때부터 똑똑했다. 지금과 달리 활기차고 총명했고 자신감도 넘쳤지. 하지만 교육열이 대단했던 네 엄마는 한 번도 칭찬이란 걸 해 준 적이 없었어. 다그치며 키웠지. 내가 너희 머리를 쓰다듬는 것도 버릇 나빠진다고 못마땅해하던 사람이었다.

아버지는 잠시 말을 끊고 술잔을 채웠다.

네 형이 딱 네 나이였을 때다. 걔는 매일 학교 마치고 집에 들러 학원 갈 준비를 했어. 나랑 네 엄마는 일하는 중이었고 너는 유치원에 있어서 그 시간에는 집에 그 녀석뿐이었지. 한날은 환기를 한다고 창문을 다 열어두고 잠깐 잠들었는데, 그 사이 소나기가 쏟아진 거야. 세찬 빗소리에 놀라 깼을 때는 안방 열린 창문 아래 침대가 다 젖은 뒤였어. 급하게 창문을 닫고 이불도 닦았지만 매트리스까지 푹 젖어 소용이 없었지. 너라면 그 상황에서 어떻게 할래?

나는 대답하지 못했다.

아직도 네 형이 무슨 생각으로 그랬는지 모르겠다. 녀석 말로는 자기는 할 수 있다고 믿었고, 그 방법이 최선이었다고 했어. 줄자를 가지고 방바닥과 천장까지의 높이를 재고, 또 안방 창문을 열고 몸을 내밀어 위층 창턱에 줄자를 내걸면서 층간의 높이를 쟀어. 그걸 바탕으로 옥상에서 우리 집 창문까지의 길이를 계산했지. 그다음 집에 있는 끈이란 끈은 죄다 꺼내서 계산한 길이만큼의 기다란 끈을 만들고, 거기다 묵직한 돼지저금통을 매달았어. 그 사이 소나기는 그쳤고, 네 형은 옥상에 올라가 젖은 난간을 닦은 뒤 끈을 난간에 테이프로 단단히 고정했어. 그리고 돼지저금통을 난간 너머로 힘껏 던졌지. 저금통이 우리 집 창문을 깨고 안방으로 들어가리라 생각하면서.

아버지는 술 한 잔을 들이켰다.

아파트 뒤편을 지나가던 아이가 그걸 맞았다.
그 자리에서 죽었어. 초등학교도 안 들어간
어린아이였는데. 네 형은 엄마가 무서워서
그랬다고 했어. 혼날까 봐 겁났다고. 왜 그렇게
어렵게 창문을 깨려고 했냐 물었더니, 안에서
깨면 유리가 밖으로 튀어 나가 자기 짓임을 들킬
거라 생각했대. 집이 팔 층인데 뭐가 날아와
창문을 깨뜨렸다고 하려 했던 건지.

나는 형이 멍청하다고 생각했다. 아버지가 내
속을 읽은 듯 말을 이었다.

네 형은 멍청했던 게 아니다. 어리석었던
거지.

형을 빛나게 하던 총명함과 자신감은
순식간에 빛을 잃고 사라졌다고 했다. 두 해가
지나지 않아 아버지와 엄마는 이혼했고, 우리는
그 아파트를 떠났다.

네 엄마는 제정신이 아니었어. 애를 그저
잘해주고 귀여워해 주니까 기고만장해진
거라면서, 주기적으로 밟아놔야 한다고 악을
썼지. 어떻게 자기 자식한테 그런 이야기를 해?

아버지의 말은 진심 같았으나 그래서
더 이상했다. 그런 마음을 가지고도 형을
손찌검하다니 이해하기 힘들었다. 아버지는 사건
이후 형이 얼빠진 놈이 되었다고, 엄마가 떠난
뒤엔 더 심해졌다고 이야기했다. 그렇게 뭉그러질
녀석이 아닌데, 그럴 녀석이 아닌데, 아버지는
중얼거렸다. 이해 여부와 상관없이 그 모습은
너무나 외로워 보였다. 나는 식탁을 빙 둘러 가서
아버지를 안았다. 너는 그렇게 자라면 안 된다,
너는 그러지 않을 거야. 아버지의 손길이 내
머리를 쓰다듬는 동안 나는 발갛게 부어오르던
형의 뺨이 자꾸만 떠올랐다.

중고등학생 때의 형은 학기 중엔 어쩌다 주말에만, 방학이면 일주일쯤 집에 들렀다. 아버지가 기억하는 총명한 형의 모습을 나는 이후로도 본 적이 없었다. 집에서 형은 언제나 멍해 보였고, 아버지는 몇 번 주의를 주다 어김없이 손을 올렸다. 아버지는 언성을 높일 때면 이웃집에 소리가 새어 나가지 않도록 라디오 볼륨을 높였다. 내가 친구들과 축구를 끝내고 아파트 엘리베이터를 타고 집 앞에 올라왔던 어느 주말, 집 안에서는 라디오 소리가 평소보다 크게 울리고 있었다. 엘리베이터에서 내리려던 나는 그대로 주춤했다. 현관문을 쳐다보지도 못한 채 엘리베이터 바깥에 내놓은 한쪽 발을 다시 들이고 일 층 버튼을 눌렀다. 나는 아파트를 빠져나가 문방구에서 싸구려 애플파이를 산 뒤 학교 운동장으로 돌아갔다. 씹자마자 잇몸이 주저앉고

이빨이 몽땅 뽑힐 것 같은 달콤한 애플파이를
그네에 앉아서 조금씩 먹었다. 혀가 아릴 정도의
단맛이 집 안에서 일어나고 있을 일을 연거푸
지워 줬다. 아버지와 형 사이의 불화는 형이 있을
때든 없을 때든, 하루이틀의 악천후가 아니라
혹독한 기후처럼 내내 집에 드리우고 있었다.

　　훗날 아버지는 우리를 한 대도 때리지
않고 키웠다고 했다. 그 말은 나에 한해서만
사실이었다. 아버지가 화났을 때 하는 행동을
스스로 기억 못 하는 것인지, 아니면 자식 뺨을
몇 대 올려붙이거나 바닥에 내동댕이치는 것쯤은
당신 기준에 때리지 않은 것으로 간주되는 것인지
궁금했다. 아버지는 자신의 어린 시절에 대해
함구했다. 뉴스에서 가정폭력이나 학교폭력,
군폭력 등을 다룰 때 옛날에는 더욱 심했다고
짧게 말하던 것이 전부였다. 그것은 그나마

세상이 나아지고 있다는 미약한 희망의 말이 아닌, 그러니 너희는 섣불리 엄살 피우지 말라는 소리로 들렸다. 고통에도 위계가 있어 어떤 피해는 신음조차 흘릴 수 없었다.

이러한 이유로 내 마음의 이해의 문은 아버지보다는 형을 향해 열려 있었다. 이해의 문을 상상할 때면 나는 늘 어둠 속에 서 있고, 열린 문 너머 형이 있는 곳에서는 눈 부신 빛이 쏟아졌다. 자신만이 전부인 어둠을 지나 빛 가운데 대상을 향해 한 발 한 발 내딛는 일이 이해의 과정이라 여겼다.

내가 초등학교 육 학년 때 형은 대학교로 진학했다. 아직 교복도 못 입어 본 내게 형은 대단히 어른처럼 느껴졌다. 중학생이 되고 고등학생이 되면서 나는 형이 사는 데 관심이 없다는 것을 점차 깨닫기 시작했다. 형은 책만

읽었다. 아버지만큼이나 말수가 없는 형에게서도
내가 모르는 세상의 일면을 들을 수 없었다.

　　바위에 앉아 참치를 싹싹 긁어 먹은 다음 빈
깡통과 숟가락을 들고 다시 펜션으로 돌아갔다.
공영주차장에는 아직 형의 차가 없었다. 정오가
막 지난 시각이었다. 구름은 먹물에 담갔다 뺀
솜뭉치처럼 거무죽죽하고 무거워 보였다. 밝은
햇살 아래였다면 아름다웠을 단풍나무들도
얼룩진 유리 액자 속 사진처럼 을씨년스러웠다.
깡통을 분리수거하고 숟가락을 깨끗이 씻은 뒤
수저통에 넣었다. 그리고 다시 펜션을 나섰다.
　　성수기가 지난 계곡 근처는 고요했다.
산비탈을 따라 옹기종기 모인 펜션들은 험상궂은
하늘에 덩달아 기죽어 보였다. 물길 위로 나 있는
작은 아치교를 건넜다. 그곳에는 오래된 식당들이

오밀조밀 모여 있었다. 해마다 외관을 조금씩 보수하며 세련미를 강조하는 펜션들과 달리 식당들은 낡은 간판이 자부심이라는 듯 세월 티를 가감 없이 드러냈다. 식당가 간판들을 훑는데 요상하게 또 허기가 졌다.

뜨끈한 국물이 당겨 들어간 백숙집에 형이 앉아 있었다. 그는 닭칼국수 면발을 젓가락으로 듬뿍 집어 숨을 불어가며 식히고 있었다. 나는 신발을 벗고 형이 앉아 있는 좌식 테이블 앞에 가서 섰다. 형이 닭칼국수를 한입 가득 넣고 이로 조용히 끊더니 나를 올려다봤다. 면발을 꼭꼭 씹어 삼키는 동안 정적이 흘렀다.

걸렸네.

형이 티슈 한 장을 뽑아 입가를 닦으며 말했다. 나는 맞은편에 앉았다.

제대로 된 식당인가 보다. 네가 온 걸 보니.

전에도 왔잖아. 부모님이랑 형네 식구 다 같이.

그랬었나.

형은 다시 면발을 휘젓더니 한 젓가락 집어 먹었다. 메뉴판을 봤다. 능이백숙. 누룽지백숙. 한방백숙. 닭볶음탕, 닭칼국수, 도토리묵, 감자전병, 파전. 백숙을 먹을 생각이었지만 형과 같은 닭칼국수를 시켰다.

이 근처는 창문만 열어 놓으면 어디서든 계곡 물소리가 들렸다. 그래서인지 더 춥고 쉽게 허기지는 기분이었다. 배곯던 시절이 없었음에도 내 허기의 뿌리는 유년 시절에 이어져 있다고 느꼈다. 절박함보다 공포에 가까운 식탐, 아닌 미식 추구. 수저통에서 젓가락을 꺼내 밑반찬을 집어 먹었다.

왜 펜션으로 바로 안 오고?

형은 대답하지 않았다. 나는 형이 집는 면발의 양이 줄고 먹는 속도가 느려지는 것을 지켜보다 감자전병 한 접시를 더 주문했다.

아버지가 날 징그러워할 만해.

한참 침묵을 지키던 형이 말했다.

형을 왜 징그러워해?

마흔한 살 먹고도 이러고 있으니. 형이 자조하며 면발을 건성으로 뒤적였다. 나도 내가 평생 징그러운데 뭘.

곧 내 몫의 닭칼국수와 감자전병이 나왔다. 감자전병을 형 앞으로 살짝 밀었다.

성인이 되어서도 형은 삶의 의욕을 찾지 못했다. 무기력했고 의지도 없었다. 내가 스무 살이 되던 해, 형은 재수를 결심한 내게 자신의 자취방에서 함께 지내자고 했다. 나는 좋다고 생각했고 아버지에게 결심을 전했다.

어차피 내년이면 나갈 텐데. 아버지는 못마땅한 눈치였다. 너도 집이 싫냐. 그런 거 아니에요. 형이 공부 도와준대요. 거짓말이었다. 집이 싫지는 않았지만 한번 나가 살아보고 싶었다. 나가거든 알아서 살아라. 아버지는 더 이상 잡지 않았다.

형은 아르바이트를 구하려던 나를 말리며 공부에 집중하라고 했다. 나는 형이 주는 용돈으로 생활했지만, 형도 달리 하는 일이 없어 보였다. 졸업한 지 일 년이 넘었는데 취업을 준비하는 것 같지도 않았다. 형은 책만 읽었다. 가끔 여자 친구를 만나기도 했는데 무슨 돈으로 만나는지 몰랐다. 형은 모아둔 돈도 있고 청년지원금도 받고 있다며 네 용돈 줄 여유는 되니 신경 쓰지 말라고 했다.

그렇게 반년쯤 지난 어느 날, 아버지가

자취방에 들이닥쳐 다짜고짜 형의 뺨을 후려쳤다.
너 이 새끼, 누구한테 돈을 내놓으라 해? 거기가
어디라고 찾아가? 형은 빛이 죽은 눈으로
아버지를 쳐다봤다. 둘만 아는 분절된 대화가
이어지는 가운데 어렴풋이 맥락이 읽혔다. 형은
성인이 되어 친엄마를 찾아갔고, 어떤 이야기가
오갔는지는 몰라도 수년 동안 엄마가 형에게
매달 일정 금액의 생활비를 보내 준 모양이었다.
새끼가 부끄러운 줄도 모르고. 아버지의 목소리가
분노로 떨렸다. 제가 아버지께 돈 달라고 했어요?
형이 힘없는 목소리로 물었다. 뭐? 어머니한테서
돈 끊기면, 아버지가 주실래요? 아버지는 기가
막힌 듯 말을 잇지 못했다. 아니라면 가만히
계세요. 내가 널 그렇게 키웠냐? 형은 잠시 눈을
감고 입술을 앙다물었다. 아버지가 절 키우긴
하셨어요? 아버지는 무슨 말이냐는 듯 형을

노려봤다. 아버지는 그냥, 엄마가 틀렸다는 걸 증명하고 싶었던 거 아니에요? 그래서 엄마가 날 대하듯 똑같이 구셨잖아요. 쟤한테는…… 형이 날 가리켰다가 말을 삼켰다. 차라리 엄마한테 절 보내지 그랬어요. 내가 한심하고 망가진 놈이 돼서 외려 속 시원하지 않으세요? 아버지는 형의 뺨을 한 대 더 갈겼다. 나잇값 못 하는 새끼. 평생 부모 탓하며 살 거야? 형은 양손으로 얼굴을 쓸어내리더니 자취방을 나가 버렸다. 현관문이 닫히고 도어락이 명랑한 소리를 내며 잠겼다. 잠시간 아버지의 성난 숨소리가 방 안을 채웠다. 너도, 자식아. 아버지가 낮은 목소리로 말했다. 너는 달라야지. 아버지가 방을 나설 때까지 나는 아무 말도 하지 못했다. 뺨은 형이 맞았는데 내가 발가벗겨진 기분이었다.

그날 밤 형은 소주 한 병과 매운 족발을 사서

들어왔다. 책상 스탠드를 끄고 밥상을 펴 형과
마주 앉았다. 그의 뺨이 붉게 부어올라 있었다.
괜찮냐고 묻고 싶었지만 그렇지 않을 게 뻔했고,
그래서 묻지 않았다. 우리는 말없이 매운 족발을
먹었다. 혀와 입속과 입가가 화끈거리고 잇새로
드나드는 숨소리가 칼날처럼 벼려졌다. 형은
족발집에서 증정품으로 준 과일 향 음료를 연신
들이켰다. 매운맛은 통각이라며 매운 음식은 입에
잘 대지 않던 형이 이러는 것은 일종의 자학처럼
느껴졌다. 그는 부엌 찬장에서 컵을 꺼내 왔다.
나도 한 잔 줘. 나는 놀랐다. 괜찮겠어? 형은
대답하지 않았다. 소주를 컵에 조금 따라줬다.
우리는 건배하고 단숨에 들이켰다. 형이 구겨진
인상으로 잔을 내려다봤다. 나한테서 아버지를 볼
때가 있어. 형이 말했다. 그게 참을 수 없이……
두려워. 나는 천장을 올려다봤다가 가벼운

목소리로, 둘이 빼다 박긴 했다고 말했다. 형은
쓴웃음을 지었다.

아버지는 자신의 까탈스러운 성미와 불같은
성질, 도를 넘는 과묵함을 싫어했다. 평생
자식들이 자신을 닮지 않아서 다행이라고 했지만,
우리가 그를 조금이라도 실망시키면 같은 이유로
우리를 멸시했다. 그러나 아버지는 믿고 싶은
대로 말할 뿐, 내가 보기에 형과 아버지의 내면은
꽤 닮아 있었다.

사람들은, 형이 말했다, 내게 아버지의 피뿐
아니라 어머니의 피도 흐른다는 걸 잊지 말라고
해. 그런 말이 위로가 될 줄 아나 봐. 형이 컵을
내 쪽으로 밀었다. 힘들어 보여 망설였으나
소주를 더 따라줬다. 나는 삶을 원한 적이 없어.
형이 급하게 소주를 들이켜더니 쥐고 있는 컵을
내려다봤다. 생명이 나한테 기생하고 있어.

징그럽게. 나도 형이 쥔 컵을 바라만 보며 말없이 있었다.

형은 삶의 이유를 알고자 했다. 삶이 어떤 의미를 갖는지 알지 못하는 이상 적극적으로 삶을 살아낼 의지가 없어 보였다. 나는 내 술잔을 채웠다. 같은 매운 족발을 먹을 때조차 형과 똑같이 고통스러울 수 없다는 것이, 형과의 연대감을 조금도 가질 수 없다는 것이 슬펐다. 형과의 사이에서 느낀 슬픔은 그것이 마지막이었다. 형과 내가 얼마나 다른지 깨닫던 그 순간 형을 향해 열려 있던 이해의 문은 서서히 닫혔고, 문틈을 따라 줄어들던 빛은 이내 완전히 사라졌다.

마흔한 살이 되어 부모님이 묵는 펜션을 코앞에 두고 식당에서 점심을 때우는 형은 삶의 이유를 찾은 사람처럼 보이지 않았다. 아버지는

형이 삶의 이유를 찾는다는 핑계로 생활에서
도망친다고 여겼다. 나는? 나는 삶의 의미는 찾는
것이 아니라 부여하는 것이라고 생각했다. 그쪽이
나를 더 건강하게 했다. 이러한 나의 태도가
형의 삶의 태도를 부정하는 것은 아니었지만,
그늘진 형의 얼굴은 이따금 내가 그의 가치관을
넘어 존재 자체를 부정한다는 죄책감을 갖게
했다. 간혹 몸서리치게 짜증날 만큼. 나는 괜히
닭칼국수에 후추와 고춧가루를 잔뜩 뿌리고
섞었다. 창밖에서 쌀쌀한 바람과 함께 비 냄새가
불어왔으나 정작 비는 내리지 않았다.

형수랑 애는? 내가 물었다.

집에.

다들 괜찮아?

형은 대답 없이 감자전병을 하나 집어 먹었다.
뜨거운지 손으로 입을 가리고 숨을 내뱉었다.

그는 물 한 잔을 따라 마시더니 다시 입을 열었다.

내가 애를 잘못 키운 거지.

줄곧 찾아 헤매던 삶의 이유 대신 삶의 의무가 형을 먼저 찾아왔다. 나는 스물한 살에 대학에 입학하면서 형과 따로 지냈다. 분주한 대학 생활에 학기 중에는 가족을 거의 잊고 살았다. 한 학기를 마치고 여름방학에 본가를 찾은 날, 형도 집에 와 있었다. 가족끼리 점심 식사를 하고 후식으로 수박을 먹다가 형이 말했다. 저 결혼하려고요. 형의 연애를 몰랐던 부모님은 결혼할 사람은 있느냐고 물었다. 형은 애인과 작년에 아들을 낳았다고 했다. 수박 한 조각 더 먹겠다고 말하듯 별일 아니라는 듯한 말투였다. 아버지는 노발대발했다. 결혼이 아이들 장난인 줄 아느냐고 다그쳤다. 그는 큰아들의 결혼 소식을 무례한 통보로 여겼다. 당신에게 도전하는 일, 당신에게 반항하여 아버지로서의 권위를 손상시키는 일이라 생각하는 듯했다.

나중에 따로 들었지만 형과 형수는 평소처럼 피임도 했었다고 했다. 임신 사실을 안 형수는 무슨 생각에선지 형에게 임신 사실을 말하지 않고, 한 일 년쯤 떠나 있을 테니 돌아올 때까지 찾지 말라며 사라졌다. 형은 기다리라고 하니 기다렸다. 일 년 뒤에 형수는 아기를 안고 형을 찾아왔다. 자못 진지한 눈으로 우리 애야, 그렇게 말했다고 했다. 나는 형수가 결기 어린 눈을 또록또록 뜨고 형에게 말하는 모습을 상상할 수 있었다.

결혼 후 형은 확실히 달라졌다. 그것은…… 삶의 책무를 짊어진 모습이랄까. 자식이 삶의 기쁨이니 축복이니 말하는 사람들과는 달라 보였다. 억지로라도 삶을 견뎌야만 하는 구실이

생긴 느낌. 형수는 아기를 보여준 직후 형이
아르바이트를 시작했다고 말했다. 자기 폰을
주면서 아르바이트 구하는 어플이 뭐냐고
묻더라고요. 형수는 그 모습이 대견하다는 듯
웃었지만 내게는 애달프기도, 조금은 한심해
보이기도 했다. 아이를 키우면서 형은 예전과
같이 무미건조했으나 예전보다 더 지쳐 보였고,
그럼에도 살아갔다.

　　백숙집을 나와 형의 차를 탔다. 펜션 앞
공영주차장까지 이동하는 동안 먹먹한 하늘에서
천둥이 울렸다.
　　곧 비 오겠다. 내가 말했다.
　　올 듯 말 듯하네.
　　올 거야.
　　며칠째 올 듯 말 듯하다 안 왔어.

그러니까.

그러니까.

형이 내 말을 똑같이 중얼거리며 핸들을
돌렸다. 별거 아닌 말에 대꾸해 주는 형이
어색했다. 공영주차장에 차를 댔다. 아버지는
펜션 앞마당에 뒷짐을 진 채 서 있다가 우리를
보더니 펜션으로 돌아 들어갔다. 어머니가 약간
서두르는 발걸음으로 현관까지 나왔다.

왔니? 점심은?

안에서 소불고기 냄새가 났다.

먹었어요. 형이 말했다.

그러니. 어머니가 멋쩍은 듯 말끝을 흐렸다.

거실로 향하던 아버지가 쯧, 하고 혀를 찼다.
나는 아버지를 건너다보고는 어머니에게 얼른
점심 먹자고 했다.

짐 먼저 풀게요.

형은 옥외계단으로 올라갔다.

식사를 시작하고서 잠시 동안 아버지의
젓가락질은 평소보다 느리다가 이내 평소보다도
빨라졌다. 올라가서 형을 데려오라고 하지는
않았지만 내려오지 않는 형이 마뜩잖은 눈치였다.
나는 형을 데려올 수도 있었으나 그러지 않았다.
갖은 채소와 함께 볶은 불고기는 달달했다.
고소하게 익은 마늘과 단맛이 나는 대파가 맛이
좋았다. 그 맛에 집중하려 했다.

못난 놈. 기다리는 줄 뻔히 알면서 밥을 왜
처먹고 와.

아버지는 일어나 빈 식기를 개수대에
처박았다.

위층에 올라가니 형의 방 창문에 커튼이 쳐져
있었다. 나는 내 방으로 들어가 침대에 누웠다.
형은 아들을 잘 키우려고 노력했다. 그것은

아이를 위하는 것처럼 보이기도 했고, 아버지와
엄마의 양육 방식이 틀렸음을 증명하려는 형의
야심처럼 보이기도 했다. 혹시 모를 형의 야심을
제어할 형수가 함께 있다는 것이 나로서는
안심되었다. 조카로서도 다행인 일일 테고.
그래서 아이가 잘 컸느냐는 다른 문제지만.

저녁 식사 전까지 각자 시간을 보냈다. 흐리던
하늘빛이 그나마도 저무는 것을 나는 아슬아슬한
심정으로 지켜봤다. 사건이 사건인 만큼 아버지가
언제 우리를 불러 이야기를 꺼낼지 몰랐다.
차가운 양손으로 얼굴을 쓸어내렸다. 열이 나는지
조금 뜨거웠다. 나는 형이 대학 가면 가족이랑
연 끊을 줄 알았어. 형이 자취방에서 아버지에게
뺨을 맞던 날, 나는 술을 마시며 그렇게 말했다.
형은 쓴웃음을 지으며 대답했다. 나도 그럴 줄

알았어. 이어지던 침묵 위로 또 다른 기억이
밀려와 덮쳤다. 삼 년 전 마지막 연애 때 애인이
내게 했던 말. 너는 아버지랑 형 이야기뿐이네.
네 이야기는 없어? 기억의 몸살을 앓듯 차가운
손으로 입을 가리며 뜨거운 숨을 뱉었다.

　　답답한 마음을 못 이겨 내려간 아래층에는
라디오가 작게 켜져 있었다. 어머니는 거실
안락의자에 앉아 책을 읽고 있었고, 아버지는
부엌 가스레인지 앞에 서 있었다. 커다란 솥이
끓으며 닭 냄새가 뭉근한 열기를 안고 방 곳곳에
퍼지다 찬바람 부는 창문으로 슬며시 빠져나갔다.
닭칼국수를 먹으며 내내 맡았던 닭 냄새에 속이
살짝 메슥거렸다. 아버지는 솥뚜껑을 열고 국물
위에 뜬 거품을 국자로 걷어냈다. 인기척을
느꼈는지 흘긋 돌아보더니 다시 거품을 마저
걷어냈다.

긴장하지 마라. 그가 솥뚜껑을 닫으며 나지막이 말했다. 마흔도 더 먹은 놈한테 내가 무슨 말을 하겠냐.

나는 네, 하고 대답하면서 이 상황에 다소 긴장한 내가 어린아이 같아 기분이 상했다.

나는 네 형이 사람 구실 못 할까 염려했다. 아버지가 말했다. 결혼하기 전까지는 저대로 살다 서른 넘도록 나잇값도 못 하면 어쩌나 싶었지. 아버지가 쥐고 있던 국자를 개수대에 넣었다. 저렇게라도 살아가니 다행인 게다.

나는 싱크대에 다가갔다. 수세미에 주방세제를 짜고 거품을 낸 국자를 씻었다. 냄비에서 전해지는 열기가 긴장을 안온하게 감싸안았다.

닭 세 마리를 접시에 따로 덜어내고 국그릇에 국물을 담았다. 형을 불러오라는 아버지의 말에 어머니가 먼저 위층으로 나섰다. 국과 밥과 밑반찬을 차리는 동안 안정감 속에서 또다시 솟구치는 불안을 애써 모른 척했다.

형은 피곤한 얼굴로 나타났다. 백숙을 보더니 약간의 당혹스러움이 얼굴에 스쳤다. 나는 형에게 눈을 질끈 감았다 뜨는 것으로 성의에 감사하자는 뜻을 전했다. 우리는 정방형 식탁에 둘러앉아 식사를 시작했다. 푹 삶긴 닭 다리를 뜯어 부모님께 한 쪽씩 드리는 동안 어머니도 다른 닭의 다리를 뜯어 형과 내게 나눠줬다. 기름이 동동 뜬 닭 국물을 한 숟갈 떠먹었다. 오래 끓인 국의 깊은 맛이 감칠나게 목구멍을 넘어갔다. 몸을 훈훈하게 데우는 열기가 추운 날씨에 몸 안쪽, 존재의 깊은 근원까지 데우는 기분이었다. 주황색 불빛 아래 따뜻하고 맛있는 음식이 주는 온기 어린 위로. 말 없는 이 평화가 끝까지

지속되길 바랐다.

많이 먹어. 어머니가 형에게 말했다. 얼굴이
왜 그리 상했어.

형은 멋쩍게 미소 지으며 감사하다고
했다. 아버지가 물을 한 모금 마셨다. 형을
향한 아버지의 눈길에 복잡한 감정이 교차하는
듯했다. 형은 입맛이 없는지 닭에 질렸는지 계속
깨작거렸다.

푹푹 먹어라. 아버지가 쏘아붙였다. 자식이
매가리 없이.

여보. 어머니가 말리듯 말하고는 형을 봤다.
아버지가 너희 먹이려 신경 많이 쓰셨어.

형은 콧잔등을 찡긋거리더니 밥을 국에 말아
크게 한술 떴다. 나는 형이 계속 맥없이 먹기를
바랐다.

추석에 애는 그래서 안 데려온 거냐?

아버지가 물었다.

여보.

왜? 이런 것도 못 물어봐? 아버지는 못마땅한 듯 어머니를 흘겼다.

그냥 먹기로 했잖아. 어머니가 달래듯 말했다.

그러니까. 그냥 물어본 거야. 당신이 껴드니까 괜히 이상해지잖아.

형이 숟가락을 내려놨다. 나는 형을 보며 아무 말도 하지 말라고 눈짓하려 했지만 형은 접시 위 다리 뜯긴 닭만 쳐다봤다.

네. 그래서 안 데리고 왔어요. 형이 체념 조로 말했다. 하고 싶은 말씀 하세요.

얘기할 거 없다. 먹어라. 아버지가 단호히 말했다.

심려 끼칠까 말씀 안 드렸어요. 뭐 좋은 일이라고 말씀드려요.

그만하고 먹어. 응? 어머니가 말했다.

그렇다고 뉴스로 알게 해?

뉴스에 나올 줄 형이 어떻게 알았겠어요. 나는 차분하게 말하며 식탁 위에 손을 얹었다. 그만하고 다들 드세요. 식겠어요.

어머니가 기름이 번들거리는 입술을 오므렸다.

애를 오냐오냐하고 키우니까 그 모양인 거 아냐. 아버지가 말했다.

여보.

쟤가 먼저 얘기하자잖아!

오냐오냐하고 안 키웠고요, 아니, 오냐오냐하고 키운 애는 뭐, 평생 사고 한번 쳤어요?

형이 나를 가리키며 언성을 높였다.

그게 뭔 소리야. 나는 중얼거렸다.

내가 뭘 오냐오냐하고 키워? 아버지도 언성을 높였다. 내가 이런 소리까진 안 하려 했는데 말이야, 너 나이가 몇인데 아직도 반항심을 가지냐?

반항심이요?

사춘기 애도 아니고, 네가 그러고 사니까 애가 그 모양인 거 아니야!

그럼 제가 이 모양인 건 아버지 탓이고요?

형, 그만해.

나는 형의 팔을 잡았다. 아버지가 목에 핏대를 세웠다.

봐. 나이를 그렇게나 먹고도 아직도 부모 탓이냐?

제가 평소에도 탓하며 살겠어요? 아버지는 늘 본인이 먼저 들쑤셔 놓고서 제가 따지고 들면 나잇값 못 한다고 몰아세우시죠.

날 탓하지 않는다고? 네가 평생 날 원망한 줄 내가 모를 것 같아? 내가 너한테 뭘 그리 잘못했는데? 못 해준 게 뭐가 있는데?

여보, 진정해요, 진정해. 어머니가 말했다.

그래요, 다들 진정하시고. 라디오 소리라도 키울까요? 나는 선웃음을 지으며 축 늘어뜨린 어깨를 으쓱했다. 하하, 여긴 그럴 필요가 없겠구나.

저 눈깔 봐, 저거. 아버지가 분노로 말을 씹듯이 내뱉었다.

형은 무슨 생각을 하는지 아버지의 눈을 똑바로 봤다. 형의 눈빛에서 이 정도의 힘이 보인 게 얼마 만인지 모르겠지만, 나는 그 힘이 다른 때 발휘되길 바랐다. 삶의 다른 곳, 좀 더 생산적인 데서. 반드시 아버지 앞이어야만 한다면 적어도 내가 없는 데서.

아버지. 형이 나지막이 말했다. 아버지는 제가
복수심으로 삶을 망칠 만큼 어리석어 보여요?
아버지한테 반항하겠다고 제 아들 인생까지
망쳐버릴 만큼?

나도 아니길 바란다. 아버지가 빈정거렸다.

형은 고개를 숙이더니 크게 심호흡했다.

아버지. 죄송한데요, 형이 고개 들어 허공으로
시선을 돌리며 인상을 찡그렸다, 오해하지 말고
들으세요. 아버지는 저한테 그 정도로 큰 의미가
아니에요.

뭐?

제 삶을 전부 망가뜨리면서 복수할 만큼
아버지가 저한테 거대하고 의미 있는 존재가
아니라고요. 나이 마흔 먹고 반항이라니, 그게
무슨 말 같지도 않은 소리예요? 아버지가
저한테 아무것도 아니라는 소리가 아니에요.

제발 홀가분해지시라고요. 아버지는 과거에
결벽을 갖고 계세요. 사람은 누구나 실수하고
잘못하잖아요. 아버지는 저희가 옛날 얘기하다
아버지의 오점이 살짝이라도 드러나면
노발대발하시죠? 마치 저희가 말 몇 마디로
아버지 명성에 먹칠이라도 한 것처럼, 아버지
칠십 년 인생이 전부 모욕당하고 부정당한 것처럼
절대 아니라고, 스스로 깨끗하고 올바르게
살았노라고 몸서리를 치신다고요. 세상에 그렇게
깨끗한 사람이 어디 있어요? 그냥 인정하자고요.
저도 애 잘못 키웠어요. 잘 키워 보려 최선을
다했는데 그러지 못했어요. 아버지도 그렇다고요.
마냥 괜찮다는 게 아니에요. 자식으로서 괜찮지
않을 때도 있죠. 가끔 아버지를 원망하고 싶을
때도 있어요. 근데 그러고 그냥 지나가요.
다 지나간다고요. 저는요, 평생 제가 던진

돼지저금통에 맞아 죽은 아이한테 미안해요. 그런 건 그냥 지나가지 않아요. 응어리로 남아 있어요. 근데 아버지랑 저 사이의 일은 그런 게 아니라고요. 적어도 저는 그래요. 그러니 아버지도 그렇게 여겨주실 수 없어요? 우리는…… 우리는 그래도 남은 평생 볼 사이잖아요.

시간이 멈춘 듯 부엌에 정적이 고였다. 나는 식탁 위에 돌처럼 얹어져 있는 아버지의 두 주먹을 말없이 바라봤다. 잠시간의 정적을 깨고 형이 자리에서 일어섰다.

죄송해요. 저녁 감사했어요.

형이 자리를 뜨고도 우리는 한동안 가만히 있었다. 나는 옥외계단 밟는 소리가 들리는지 귀 기울였지만 계곡 물소리와 바람 소리 외에는 들리지 않았다. 다리 뜯긴 닭과 밥을 만 국이 얼마큼 식었는지 몰라도 더 먹을 마음은 들지 않았다.

다르지 않다. 아버지가 주먹을 천천히 폈다가
쥐며 말했다. 너희가 뭘 안다고. 내 과오가
나한테는 그냥 지나갈 일이 아니란 말이다.

나는 마른침을 삼켰고 어머니도 침묵을
지켰다.

그래도 저 자식, 말 잘하네. 얘기를 많이 하네
오늘은.

아버지는 두 손으로 식탁을 짚고 일어나
자리를 떴다.

남은 음식을 정리하고 그릇들을 씻었다. 나는
어머니에게 괜찮냐고 물었고 어머니는 씁쓸함을
감추려는 미소만 지었다. 평소에 두 사람이
말수가 적었던 건 현명한 평화협정이었던 것
같아요, 내가 너스레를 떨었고, 그래도 오늘 나는

대화는 필요했어, 어머니가 대답했다.

　네 형 목소리를 그렇게 오래 들은 건 처음인 것 같긴 해. 어머니가 농담처럼 덧붙였다.

　올라가서 형과 함께 먹으라며 어머니가 단감을 깎아 줬다. 계단을 오르는 동안 찬바람이 불어왔고, 먹구름은 비 한 방울 떨어뜨리지 않은 채 달빛을 막아섰다. 형이 위층 난간에 기대 서 있었다. 그에게 단감이 든 접시를 내밀었다.

　어머니가 먹으래. 저녁도 얼마 안 먹었잖아.

　고맙다. 감사하네.

　나는 난간에 팔을 걸치고 기지개를 켰다. 어우, 닭 냄새 힘들었어.

　형이 웃었다.

　미안하다. 그가 단감이 든 접시를 내려다보며 말했다. 아버지가 오냐오냐하고 키우지 않았다는 거 알아. 나도 모르게 지껄인 거야.

아주 틀린 말도 아닌데 뭘.

아버지랑 나 사이에서 평생 숨 막혔을 텐데.
미안하다.

나는 마른 입술을 혀로 축이고 입술을
앙다물었다. 깊은 산의 계곡 물소리가 얼음장처럼
고막을 때렸다. 가로등 불빛에 언뜻 드러나는
단풍나무 잎사귀들이 바람에 흔들리며 스산하게
몸을 부볐다. 귓바퀴를 만지작거리다 돌아서서
형의 방을 턱짓했다.

들어가서 먹어.

그래, 너도 쉬어.

*

다음날 아침 아래층에 내려갔을 때, 식탁에는
조카가 앉아 있었다. 어머니가 개수대에서 손을

씻으며 애가 왔다고, 아침 먹을 거냐고 물었다.

안녕. 내가 말했다. 저는 괜찮아요.

저도요. 조카가 말하고는 나를 보며 고개를 숙였다. 안녕하세요.

나는 잘 지냈냐고 물으려다 말았다. 아이는 주눅이 들어 보였다. 생긴 건 어린 시절 형과 판박이라 볼 때마다 기묘했다. 어머니가 뒤에 서서 내게 눈을 찡긋거리며 조카와 현관을 번갈아 눈짓했다.

산책 갈래? 나는 조카에게 물었다.

같이 나가서 좀 걷다 와. 과일이라도 깎아놓을게.

자갈길을 걸으며 계곡까지 가는 동안 조카는 주머니에 손을 넣었다가 뺐다가 뒷짐을 졌다가 바지춤에 문질렀다 그랬다. 간밤에 비는 내리지 않았고 먹구름은 흩어져 희끄무레한 구름 몇 조각이 하늘에 남아 있었다. 나는 전날 가 앉았던 바위까지 가서 걸터앉았다. 조카도 머뭇거리더니 근처에 앉았다.

담배 피우니? 내가 물었다.

있어요?

자식이. 나는 웃으며 아랫입술을 깨물었다.

농담이에요. 안 피워요.

정말이지?

아이는 입술을 앙다문 채 고개를 끄덕였다.

조카를 혼내야 할지 잠깐 생각했지만 형과 형수에게 이미 호되게 혼났으리라 생각했다.

저 때문에 다 모이신 거죠?

조카가 발 앞에 흘러가는 물길을 보며 물었다.

그렇지.

죄송해요.

알면 됐다. 나는 그렇게 말하고는 조카를

바라봤다. 사과는 해야 할 사람한테 가서 제대로
해.

아이는 고개를 주억거렸다. 그리고 나를
돌아봤다.

아빠가 제 욕해요?

나는 조카를 빤히 바라보다 대답했다. 몰라.
내 앞에선 안 해.

아이가 자기 무릎을 만지작거리며 말했다.

아빠가 절 부끄러워해요. 그럴만하죠.

나는 한숨을 길게 쉬었다. 무슨 말을 해야
할지 도통 떠오르지 않았다.

저 한심하죠?

그런 말 하지 마.

한심해지고 싶지 않은데, 자꾸 왜 이러는지.
조카가 하늘을 향해 고개를 치켜들더니 다시
고개를 숙였다. 다 짜증 나고 어느새 엇나가 있고

그래요.

그 나이 땐 다 그래. 안 그러려고 노력하는 거지.

남들도 다 그래, 그 말도 짜증 나요. 나만 유난이니 한심해하는 건가.

왜 자꾸 그런 소릴 해?

아이가 한숨을 깊게 내쉬었다.

아빠는 집안이 화목하길 바라요. 그걸 망치니까 절 한심해하시겠죠. 뭐가 먼저인지 모르겠어요. 아빠가 날 한심해해서 내가 엇나간 건지, 내가 엇나가서 아빠가 날 한심해하는 건지. 조카는 말하다 자신의 말을 주워 담고 싶은 듯 표정을 구겼다. 원인은 저겠죠. 아빠가 날 그냥 한심해할 리 없으니까. 근데 아, 조카가 자기 머리를 헝클어뜨렸다. 모르겠어요, 정말 제가 못된 놈이라 시작부터 엇나갔던 건지. 아빠는

절 자랑 삼고 싶어 하는 것 같아요. 저도 그러고 싶죠. 근데 기준이 너무 높았어요, 처음부터. 아니 애초에 왜, 내가 아빠의 자랑이 되어야 하죠?

조카는 속이 답답한 듯 울먹거리는 숨을 내쉬었다.

아빠는 제가 전부인 것 같아요. 그래서 미치겠어요. 내가 잘 자라야 아빠 인생이 성공했다고 믿는 것 같아요. 왜 저한테 전부를 거는 건지 모르겠어요.

나는 조카의 신발을 보며 입을 뗐다. 네가 아빠의 삶의 의미라서 그럴지도 모르지.

조카가 고개 돌려 나를 빤히 쳐다봤다. 표정이 점차 울상이 되었다. 저는 그게 싫어요. 자기 삶의 의미는 본인이어야죠. 그래야 아빠도 행복해지기 쉬울 거 아니에요.

그래야 너도 행복해지기 쉽고?

조카는 말없이 나를 바라봤다.

아빠가 한심하니?

조카는 대답하지 않고 나를 바라보다 자기 신발 끝을 쳐다봤다. 나는 뻐근한 목을 손으로 주무르며 계곡 건너 나무들의 우듬지를 쳐다봤다.

서로를 한심해하는 가정에 어떻게 사랑과 화목이 깃들겠니.

아이는 가만히 있다 무릎을 접어 끌어안았다.

너랑 네 아빠 이야기만이 아니야.

아이가 나를 빤히 바라봤다. 나는 더 이상 말하지 않았고, 조카도 고개 돌려 침묵을 지켰다. 내 앞에서는 이렇게 순하고 말 잘하는 녀석이 다른 곳에선 어떤 얼굴을 하고 사는지 나는 알지 못했다. 그렇게나 달라지는 것이 가능한 일인지. 인간이란 원래 그렇다고 생각하면서도 막상 상대방을 앞에 두면 그렇게 생각하기 어려웠다.

무엇이 아이를 그렇게 만들었는지 나는 알
길이 없고, 다만 짐작만 할 뿐이었다. 언젠가는
바위였을, 바위에서 돌로 떼어지고, 물길에 수백
년 수천 년 수만 년 쓸려 둥글어졌을, 자갈들의
본 적 없는 역사를 짐작하듯. 내내 흐르는
계곡물처럼 끝없이 소리를 내며 존재를 깎고
관계를 둥글게 깎아내는 마찰이 끝없이 두 뺨을
사납게 스쳐 지나간다.

늦게 일어난 형은 조카를 보고 놀란 듯했다.
과일을 먹는 동안 사건에 대해서는 누구도
섣불리 입을 떼지 않았다. 다시는 그러지 말라고
아버지가 한 소리 했고, 조카가 잘못했다고 말한
게 전부였다.
형과 조카가 먼저 차를 타고 떠났고 부모님도
차를 타고 떠났다. 나는 펜션을 한 바퀴 둘러보며

마지막 점검을 마친 뒤 공영주차장으로 갔다. 차에 시동을 걸자 블루투스 스피커에서 음악이 자동 재생 되었다. 창문을 내려 창턱에 팔을 걸쳤다. 통나무 펜션을 쳐다보며 귓바퀴를 문지르다 깊은숨을 내쉬었다. 내비게이션을 켰다. 일기예보에 현재 지역은 구름 조금이라 떴고, 고속도로로 통과해야 할 지역에 먹구름과 호우 예보가 떠 있었다. 차를 몰고 비포장도로를 달려 계곡 아래까지 내려가는 동안 하늘은 어제와 생판 다르게 화창했고 내 마음은 먹먹하고 답답했다. 그냥 지나가요, 다 지나간다고요, 나는 형이 했던 말을 중얼거렸다. 그냥 지나가요, 다 지나간다고……. 나는 아랫입술을 잘근잘근 깨물었다. 그리고 손을 치켜들어 핸들을 손바닥 아래 뼈로 내리치며 잡았다. 창턱에 팔을 올리고 턱을 감싸 쥐었다. 무언가 치밀어 오르는

기분에 의식적으로 심호흡했다. 길을 따라
핸들을 조심스럽게 돌렸다. 너는 아버지랑 형
이야기뿐이네. 네 이야기는 없어? 마지막 애인의
물음. 대화가 어떻게 이어졌더라. 우리는, 우리는
대단히 묵시록적인 이야기라며 농담했던 대화로
넘어갔다.

내 이야기? 나는, 나는 모르겠어. 내가
말했다.

가족들에게 영향받은 것 없어?

글쎄. 나는 잠시 생각하다 선웃음 지으며
말했다. 결혼은 말아야겠다는 거?

나도 결혼은 싫어.

아니다, 결혼은 할 수도 있겠다.

뭐야 그게. 애인이 웃었다. 나랑은 못 해.

비혼주의시잖아요, 꿈도 안 꿔요. 나도
웃었다. 근데 자식은 정말 안 낳을 거야.

왜? ……라고 묻기엔 나도 자식 낳을 생각은 더더욱 없긴 해.

그러니까. 내 생각에 인류는 재난이나 재앙이 아니라 자가 소멸로 멸종하지 않을까 싶어.

어떻게?

출산 감소지. 옛날이야 인간이 노동력이었고, 아이들이 워낙 죽어 나갔으니 많이 낳은 거잖아. 뭐, 대를 잇는다는 명분도 있었고.

요즘은 인간이 노동력인 사회는 아니지. 대를 잇는다는 명분도 희미해졌고.

그러니까. 다들 자신의 삶이 더 중요한 사회이기도 하고. 그걸 뭐 개인주의의 나쁜 면이라고 볼 수도 있겠지만, 자본이 한정적인 상황에서 어쩔 수가 없지. 게다가 부모는 필연적으로 자식한테 원망받을 수밖에 없는 존재야. 자기 삶이 더 중요한 사람들이 일부러

원망살 짓을 할 리가 있겠어?

사회가 흉흉한 탓도 커. 솔직히 이런 사회에 애를 낳는다는 게 아이한테 더 미안해.

맞아. 아이한테 이 세상을 살아가라고 등 떠미는 게 옳은 일일까. 어쩌면 자식을 낳는다는 건 인간이 할 수 있는 가장 비윤리적인 행동이 아닌가 싶어.

그건 너무 간 것 같은데?

누구도 자식의 삶을 책임져 줄 수 없잖아. 인류는 사회를 구성하고, 마땅히 사회인으로서 자신의 몫을 다해야 한다고 하잖아. 책임감을 강조하는 거지. 그런데 정작 책임질 수도 없는 생명을 탄생시키는 무책임한 행동을 권장한다? 말이 안 맞지.

부모로서 질 수 있는 책임은 다하겠다면 그걸로 족하다고 볼 수 있지 않아? 자녀 계획

세우는 부부들도 그런 마음 아닐까?

자녀 계획. 그것도 자녀의 의사와는
상관없으니 얼마나 일방적이야? 뭐, 이것도 내
일방적인 주장이긴 하지만. 단 한 번도 자식을
낳고 싶다고 생각해 본 적이 없으니까.

자식을 낳고 싶다, 어쩌면 우리가 가장
이해하지 못하는 심정일 수도 있지.

극단적으로 말하면, 이 시대에서 아이가
태어나는 건 대체로 두 가지 경우야. 의도치
않은 임신이거나 아이를 잘 양육할 수 있는 좋은
환경을 갖춘 소수의 경우거나. 사실 후자도 좋은
환경에서 아이를 잘 키우겠다는 훌륭한 부모라면
다행이지만, 분명 자신들의 좋은 환경을 자랑하는
트로피 삼아 자식을 낳는 사람들도 있을 거라고.

실제로 그런 사람들 있어. 내 주변에도.

그러니까. 결국 그렇게 인류는 점점

줄어들다가…… 어? 그렇게 줄어들다가 인류와 자원과 자본의 균형이 잡히면 인류가 줄어든 채로 존속할 가능성도 있겠네.

멸망이냐 존속이냐, 대단히 묵시록적인 이야기네. 애인이 웃었고 나도 따라 웃었다. 근데 우리는 왜 이렇게밖에 생각 못 할까?

무슨 소리야? 내가 물었다.

결혼하고 자식 낳는 데 왜 이렇게 비관적이냔 말이야. 자란 환경이 달랐다면 좀 더 낙관적인 미래를 그릴 수 있었을까?

우리가 괜찮은 가정에서 나고 자라지 않아서 이렇게 생각한단 말이야?

그렇지 않아? 우리 그 얘기 중이었잖아.

그랬나. 난 꼭 그렇게만 생각하진 않았는데. 같은 집에서 나고 자란 형과 나의 삶이 독립시행이듯이, 내가 태어난 환경과 자라온

환경, 꾸려갈 환경 역시 모두 독립시행이야. 내 개인적인 가정환경을 배제하고서 모든 상황을 객관적으로 고려했을 때도 역시 이런 결과에……

나는 산에서 내려와 갓길에 차를 댔다. 핸들에 팔꿈치를 괸 채 머리를 감싸 쥐었다. 이를 악다물고 진정하려 했으나 뜻대로 되지 않았다. 신경질적으로 연거푸 핸들을 내리치다 쥐고 손등에 이마를 가져다 댔다. 평생 괜찮았다. 줄곧 괜찮았는데, 괜찮다고 생각했는데. 과거에 사로잡혀 현재를 살지 못한 형을 안타까워하고, 나는 그러지 않고자, 번듯하게 살고자 애썼는데. 이제 와서 형이 그냥 다 지나갈 일이라고 말할 자격이 있느냐는 울화가 치밀어 올랐다. 어릴 적 집 안을 뒤덮었던 숨 막히는 기류. 나는 핸들을 쥔 채 이를 악다물고 소리를 질렀다. 점점 더 크게, 점점 더 길게 짐승처럼 울부짖었다. 입을 벌리고 목청껏 소리쳐도 속이 후련해지지 않았다.
기진한 몸을 뒤로 젖혀 헤드 쿠션에 머리를
댔다. 옆에서 다른 자동차들이 도로를 빠르게
지나다녔다. 가쁘게 숨을 몰아쉬다 가족들이
먼저 가서 다행이라고 생각했다. 그토록 바라던
평온과 화합의 문턱에서 스스로 뒷걸음치는 나를
한심해하는 것은 나로 족했다.

블루투스 스피커 볼륨을 키우고 눈을 감았다.

작가의 말

작가에게 소설은 사고실험이다. 독자에게는 감정적 체험의 장이다. 그렇게 믿고 쓴다. 작가는 어떤 방식으로든 자기 작품에 최선을 다할 의무가 있고, 독자는 그것과 상관없이 최고의 작품을 고를, 적어도 좋은 작품을 고를 권리가 있다. 나의 의무가 독자들의 권리를 보장하길 바랄 뿐이다.

2025년 11월

윤탐 드림

작가 인터뷰

Q. 가족은 사랑만큼이나 문학의 오래된 주제지요. 저에게 〈화목한 피〉는 지긋지긋하고 애달픈 가족 소설로 읽혔어요. 우리는 왜 사랑하는데 서로를 힘들게 하고, 걱정하는 동시에 한심해하면서 이해의 문을 닫아버리는지. 다정한 말로 안아주기는커녕 도리어 고함치고 힐난하게 되는지 알다가도 모를 일입니다. 가족 안에서 벌어지는 이 극렬한 아이러니는 인류가 영원히 해결할 수 없는 난제일지도 모르지요. 소설에는 가족 구성원의 갈등으로 늘 불안과 긴장 속에 살아온 '나', 어린 시절의 사건에서 영영 벗어나지 못하는 '형', 자신의 과오를 인정하고 흘려보내지 못하는 '아버지'가 등장합니다. 세 사람의 이야기는 어떻게 처음 구상하게 되셨나요.

A. 가족은 인간관계 중 가장 다층적이고 복잡한 감정을 지닌 관계라 생각합니다. 혈연, 핏줄, 유전, 양육 등의 키워드도 늘 관심 있던 소재였습니다. 이 작품은 인물이 중점인 소설보다는 관계가 중점인 소설로 구상했습니다. 크게 보면 '아버지, 형, 나'의 삼각구도를 가진 이야기지만 들여다보면 '아버지, 친엄마, 형', '아버지, 새어머니, 나', '아버지, 형, 조카', '형, 형수, 조카', '형, 나, 조카' 이런 식으로 비슷한 삼각구도가 반복되어 발견되는 프랙탈 구조를 떠올리며 구상했습니다.

Q. 이 가족을 둘러싼 이야기에서 여성(친엄마, 새어머니, 형수)은 대체로 부재하거나 조용합니다. 남성의 언어로만 이야기를 이끌어 가신 이유가 있으셨다면 들려주세요.

A. 분량 조절 실패입니다……, 는 농담 반 진담 반이고요. 평소 소설을 쓸 때 꼭 필요한 상황이 아니라면 인물의 성별을 특정하지 않고 씁니다. 나아가 인물의 이름을 정하지도 않고, 외양 묘사도 가급적 하지 않습니다. 글을 쓰는 동안 저의 머릿속에 인물의 외모가 그려지는 것도 의식적으로 차단하려 애씁니다. 이 소설에서도 그런 노력을 했지만, 예외적으로 모든 등장인물의 성별을 특정지어야만 했습니다. 혈연의 이야기를 하고자 할 때, 어린아이들은 동성의 부모에게서 자신과 닮은 모습을 더욱 직관적으로 느끼니까요. 이 소설을 처음 구상할 때는 부자지간이 아니라 부모와 자식 간의 이야기로 구상했습니다. 다만 단편소설이니 분량의 제한이 있었고, 소수의 인물에 포커스를 맞춰야 하기에 동성인 부자 혹은 모녀 관계를 다뤄야 한다고 생각했습니다.

여기서 일차적으로 제가 남자이기에 부자지간을 선택했지만, 가능하다면 모녀 관계로 치환해서 읽어도 자연스러웠으면 하는 바람도 있었습니다. 아버지와 형뿐 아니라, 형이라는 호칭 때문에 '나' 역시 남자가 되었죠. 주요 인물들이 남성으로 결정되었기에 제한된 분량에서 여성 인물들의 목소리는 거의 실을 수가 없었습니다. 조카는 굳이 아들로 확정 짓지 않는 방법도 있었고, 사실 초고에는 딸로 쓰기도 했었는데요, 그럴 경우 제 의도와 달리 작품의 색만 희석된다고 느꼈습니다. 차라리 이럴 바엔 진해지자. 진하면 지독하고, 지독하면 독자들은 눈을 돌려 배제된 인물들을 떠올릴 것이다, 그게 저의 생각이었습니다. 여성 인물들에게 짧고 임팩트 있는 대사라도 부여할까 하다가 그러지 않기로 결정한 것도 같은 맥락입니다. '이 가정의 여성들은 이

모든 일을 어떻게 보고 살아내고 있을까?'까지
독자들이 궁금해하며 상상하시리라 믿습니다.
문예창작학과 재학 당시 교수님이 일러주셨던
"독자들은 너희들의 생각보다 훨씬 똑똑하다"는
말을 저도 체감하기 때문입니다.

Q. 소설은 계곡 근처 펜션에서의 1박 2일을 그립니다. '아버지'와 '형'의 갈등을 중심축으로 흘러가는 이야기에서 긴장감을 배가시킨 건 날씨와 소리에 관한 감각적인 묘사들이었어요. 아버지와 형의 대면 직전 하늘을 묘사한 부분이나("흐리던 하늘빛이 그나마도 저무는 것을 나는 아슬아슬한 심정으로 지켜봤다."(52쪽)) 서사 전반에 흐르는 차갑고 서늘하고 축축한 정경이 '나'의 내면을 더 극대화시켜 보여주는 듯했습니다. 라디오 볼륨이 커질 때, 블루투스 스피커 볼륨이 커질 때도 마찬가지였고요. 말하지 않는 것들이 많은 것들을 말해주는 듯했습니다. 이런 서술 방식은 평소 작가님이 즐겨 사용하시는 방식일까요? 평소에도 들리는 것, 보이는 것, 느껴지는 것들을 예민하고 섬세하게 감각하는 편이신지 궁금합니다.

A. 소설을 쓸 땐 풍부한 뉘앙스를 담아내는 것이 중요하다고 생각합니다. 말씀해 주신 것처럼 '말하지 않는 것들이 많은 것들을 말해주는' 것 역시 소설의 분위기를 조성하는 중요한 지점이라 생각해 즐겨 사용합니다. 어릴 때는 감각에 굉장히 예민한 편이었어요. 지금은 그 정도는 아니지만 주변을 예민하게 포착하는 감각을 끊임없이 벼리려고 노력합니다.

Q. 가족 회동의 계기가 된 것은 '조카'가 저지른 어떤 사건 때문이었지요. 뉴스에 나올 만큼 커다란 사건이었지만 소설 속에서는 구체적인 내막이 드러나지 않습니다. 개인적으로는 그 정도로만 언급된 것이 참 좋았는데요. '조카'가 어떤 아이인지, 나아가 이 소설을 어떻게 읽을 것인지 더 열어두셨다는 느낌을 받았어요. 작가님께서 '조카'의 사건에 대해 구체적으로 언급하지 않은 이유가 있으셨다면 들어보고 싶습니다. 덧붙여 나름대로 염두에 둔 구체적인 사건이 있으셨는지도 궁금합니다.

A. 소설가에게는 작품에 무엇을 쓸지 보다 무엇을 쓰지 않을지 결정하는 것이 더욱 중요합니다. 조카의 사건을 구체적으로 다루면 어떻게 될까, 생각했을 때 소설에 좋은 영향을 끼치지 않으리란 판단이 컸습니다. 조카에게 필요 이상의 낙인을 찍고 싶지도 않았고요. 또한 소설은 모든 것을 설명하기보다 독자들의 상상을 북돋워 주는 것이 중요하다고 생각합니다. 염두에 둔 사건의 종류는 있었으나, 상상의 나래를 펼치실 수 있도록 언급은 하지 않겠습니다.

Q. 이 소설이 극이 된다면 배우가 가장 공들여 연기할 부분은 저녁 식사 자리가 아닐까 싶은데요. 말수 적고 과묵한 형이 쏟아지듯 말을 게워 낼 때 애끓는 슬픔과 속 시원함이 동시에 느껴졌습니다. 형이 과묵한 사람으로 그려진 건 이 한 장면 때문이었나 싶을 만큼요. 과거에도 현재 시점에서도 벼랑 끝을 걷듯 아슬아슬하게 이어지던 두 사람의 관계가 이런 방식으로 회복을 도모할 수 있다는 것이 인상적이었어요. 과거의 혈연가족은 말 그대로 피로 연결된 사이여서 절대 끊을 수 없는 천륜처럼 받아들여졌지만, 요즘은 그렇지 않잖아요. 아무리 가족이라 할지라도 나를 파괴하는 관계라면 끊어내는 것이 현명하다고 이야기하지요. 그런 이유로 "우리는…… 우리는 그래도 남은 평생 볼 사이잖아요."(63쪽)라는 형의 말을 오래 들여다보게 되었습니다. 그 말이 꼭

아버지에게 내미는 손 같았어요. 절연을 택할 수도 있었던 마흔의 형이 아버지에게 손 내미는 건 어떻게 가능했을까요? 이 장면을 쓸 때 가장 신경 쓴 부분이나 에피소드가 있다면 함께 들려주세요.

A. 저는 사람들이 삶에서 애증을 지니고서도 차마 놓지 못하는 것이 하나쯤은 있다고 생각합니다. 누군가에게는 아니겠으나 소설 속 형에게는 그 대상이 가족일 수도 있겠죠. 형이 어떤 마음으로 아버지에게 손 내밀었는지까지 제가 설명하면 독자들의 상상을 제한할 것 같아 조심스럽네요. 다만 절연의 선택지는 분명 있었고, 형도 생각해 봤으리라고 짐작합니다.

이 장면에서는 대사의 호흡에 신경을 많이 썼습니다. 개인적으로 희곡도 참 좋아하는데요, 좋은 질문 덕분에 이 소설이 연극이나 영화로 만들어져 배우들의 연기를 볼 수 있다면 참 근사할 것 같다는 생각을 기분 좋게 해봅니다.

Q. "형과 내가 얼마나 다른지 깨닫던 그 순간 형을 향해 열려 있던 이해의 문은 서서히 닫혔고, 문틈을 따라 줄어들던 빛은 이내 완전히 사라졌다"(45쪽) 이 부분을 읽으면서 나와 아주 다른 타인은 이해할 수 없는 걸까 생각해 보게 되었어요. 한 사람을 이해하는 것과 인정하는 것은 엄연히 다르고, 이해가 없더라도 인정은 가능한 것이겠지만 말이에요. 우리가 다르다는 걸 깨닫고 열리는 '이해의 문'과 우리가 다르다는 걸 깨닫고 닫히는 '이해의 문'은 어떻게 다르다고 생각하시나요? 작가님의 '이해의 문'은 어느 순간 열리고 닫히는지도 궁금합니다.

A. '이해의 문'은 저절로 여닫히기도 하지만 우리가 직접 여닫을 수도 있겠죠. 정확한 표현일지 모르겠지만, '이해의 문'을 연다는 것, 혹은 그것이 열린다는 것은 상대방에게 기꺼이 감정 소모의 여지를 열어두는 것이라고 할 수 있을 것 같습니다. 저의 '이해의 문' 역시 마찬가지로 여닫히는 것 같고요.

Q. 소설에는 '나'의 식욕에 관한 이야기가 등장합니다. 참치 카나페나 불고기에 대한 세밀한 설명이 이어지기도 하고 "어릴 때 외할머니 댁에 잠시 맡겨졌다가 식탐만 늘어서 왔다"(25~26쪽)는 '아버지'의 언급이 있기도 했지요. 국수를 먹고 곧장 참치캔을 먹고 다시 닭칼국수를 먹는 '나'를 보면서 허기로 가장된 저것은 무엇일까 생각해 보게 되었어요. 부모에게서 떨어져 나와 할머니 댁에 맡겨졌을 때, 생존에 대한 맹렬한 욕구가 커진 건 아니었을까 싶기도 했습니다. 작가님은 '나'의 허기의 근원에 무엇이 있다고 생각하며 소설을 쓰셨나요.

A. 저 역시 생존에 대한 욕구 내지는 본능이라고 생각했습니다. 나아가 먹는다는 행위는 상당한 유희를 느낄 수 있는 행위죠. '나'에게는 허기를 채우는 동시에 일상의 문제를 유희로 덮어버릴 수 있는 생존 방식이었던 것 같습니다.

Q. '형'에게 응어리로 남은 부분은 한 아이의 죽음이고 가족과의 일은 다 지나가는 것이었지만, '나'에게 아버지와 형의 갈등에서 비롯된 응어리는 지나가지 않은 것처럼 보입니다. 가족 구성원들의 자장 안에서 늘 긴장하고 불안해하며 눈치 보느라 자신의 이야기는 좀처럼 들여다보지 못했고, 결혼은 해도 아이는 낳지 않겠다는 어른으로 자라났지요. '형'과 '아버지'의 화해가 시작되려는 순간에 '나'가 비로소 괜찮지 않음을 자각하고 "그토록 바라던 평온과 화합의 문턱에서 스스로 뒷걸음치는"(81쪽) 것은 새로운 갈등의 시작을 내포하는 것 같기도 한데요. "집 안을 뒤덮던 숨 막히는 기류"(80쪽) 속에서 살아온 '나'가 비로소 울부짖고 고함칠 차례가 온 것 같기도 합니다. '나'는 '형'처럼 그럴 수 있을까요?

A. 저도 굉장히 궁금하네요. 독자분들은 어떻게 생각하시나요? 저는 그저 '나'를 응원하는 마음입니다.

monostory 005

화목한 피

초 판 1쇄 펴낸날 2025년 12월 5일

지은이 윤탐
작가 인터뷰 박은지(부비프 대표)
편집 | 디자인 | 제작 주얼

펴낸곳 이스트엔드
펴낸이 주얼
이메일 eastend_jueol@naver.com
S N S @eastend_jueol

ISBN 979-11-993866-2-4-03810